El Kras

y los Chus

GRUPO
EDITORIAL
norma

http://www.norma.com
Bogotá, Barcelona, Buenos Aires, Caracas, Guatemala, Lima, México, Miami, Panamá,
Quito, San José, San Juan, San Salvador, Santiago de Chile, Santo Domingo.

A mi padre, que me enseñó a leer, a escribir y a recoger manzanas. G.M.

A la Sociedad de Kobolds y de Gentiles Monstruos. P.P.

El Krapok y los Chus

Texto de
Gérard Moncomble

Ilustraciones de
Pawel Pawlak

Y así fue: los Chus
acababan de terminar
de recoger su cosecha de
orquitachas.

La orquitacha era un
verdadero tesoro:

¡podrían hacer té,
mermelada y compota
por montones!

Pero de repente…

6

...se escuchó un **enorme** rugido.
Y surgió una sombra, casi como la noche.

7

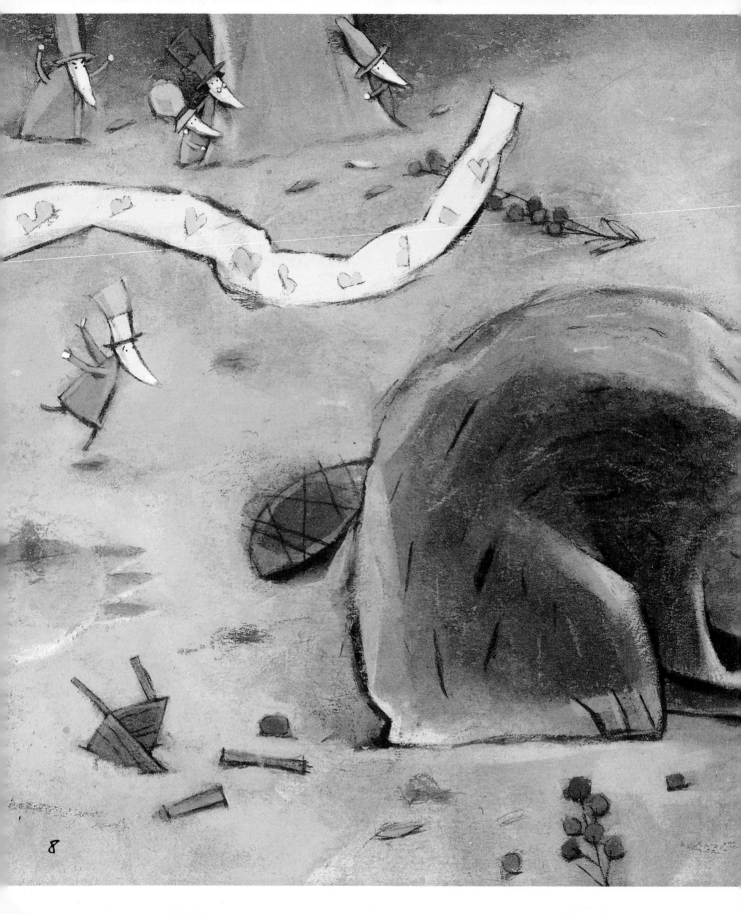

Esta sombra tenía un nombre: ¡el Krapok!
Y se tragó sin más toda la cosecha de los Chus, de un sólo golpe.

¡Ñam!

9

–¡Tartifiolo! ¡Hay que comenzar de nuevo! –suspiró Chuchú.

Por su parte, el pobre Patachú hervía de la rabia.

Patachú decidió seguir al Krapok. Ya vería ese insaciable glotón lo que era un Chu furibundo. ¡Sobre todo un Patachú!

Pero la rabia del Krapok fue aún más terrible. ¡Su grito era más espeluznante que cien truenos furiosos! Patachú salió de la cueva todo pálido y tembloroso.

12

Explicó entonces que el Krapok exigía
más y más orquitacha.
¡Los Chus debían recolectarla para él!
¡Y para siempre!
¡Esto era una catástrofe!
¿Qué harían?

Chuchú se tomó la cabeza. Después de un largo tiempo, dijo:

—¡Vamos a tenderle una trampa a ese malvado Krapok!

14

Chuchú les dio las órdenes
de rigor a todos los Chus, que
revoloteaban como hormigas.

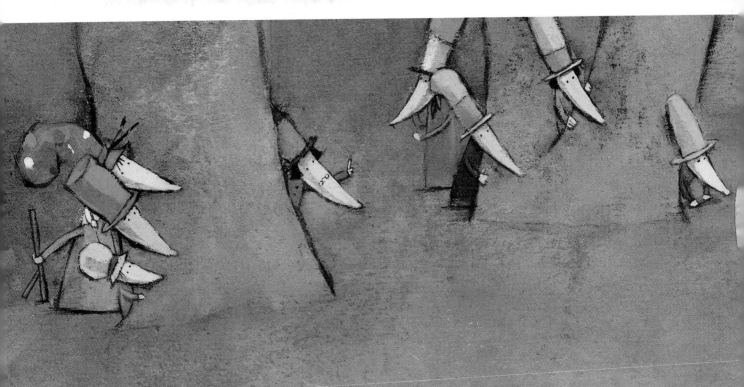

Ahora sólo había que esperar…

¡Frito! ¡El Krapok estaba frito!

Chuchú felicitó a todos
los Chus. Ahora podrían
recolectar su orquitacha con
toda tranquilidad. A todos se
les hacía la boca agua…

Todo el mundo había
olvidado al malvado Krapok.
Salvo Pichú, que tenía un
oído fino.

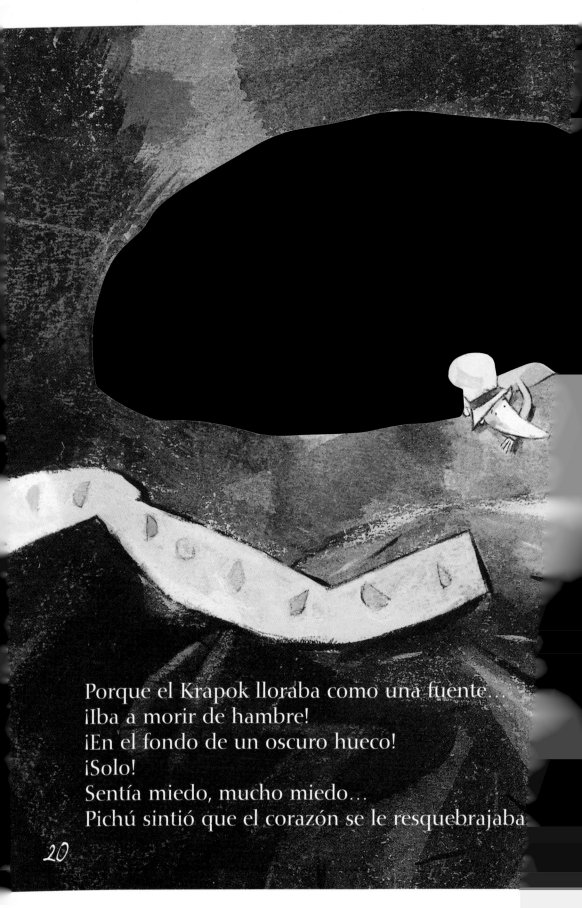

Porque el Krapok lloraba como una fuente...
¡Iba a morir de hambre!
¡En el fondo de un oscuro hueco!
¡Solo!
Sentía miedo, mucho miedo...
Pichú sintió que el corazón se le resquebrajaba

21

–Ven, ven pronto –le dijo
Pichú a Chuchú.

Y le contó sobre la terrible
tristeza del Krapok.

–¿Un monstruo llorón?
–Chuchú estaba estupefacto.

Así que decidió ayudarle al Krapok.
¡Y todos los Chus harían lo mismo!

Desde entonces, el Krapok debía
aprender a cosechar su propia
orquitacha.
    Y eso era bastante complicado.
    Se estudió entonces el método a
seguir.

Hacer como mariposa, tal vez…

No, no. El Krapok era muy pesado.

Realmente, muy pesado.

Entonces Chuchú tuvo una idea tan simple
como decir buenos días.

Los Chus le ayudaron
a pararse sobre sus patas
traseras.

No fue fácil. Chuchú le
daba ánimos.

Y el Krapok se levantó, ¡y todo cambió!

Ahora la orquitacha ya no estaba tan lejos. A él le bastaba con estirar la pata…

–¡Aprendes rápido! –le dijo Chuchú.

Sí, hay que reconocerlo: el
Krapok lo hacía bien. Solo y
sin ayuda.

Los Chus regresaron. Los
esperaba la orquitacha.
Esta vez, la nueva cosecha sería
para ellos, sólo para ellos.

¡Podrían hacer té, mermelada
y compota por montones!

Moncomble, Gérard,.
    El Krapok y los chus / Gérard Moncomble ; ilustrador
Pawel Pawlak. ~ Bogotá : Grupo Editorial Norma, 2006.
    32 p. : il. ; 24 cm. ~ (Buenas Noches)
    ISBN 958-04-8497-X
    1. Cuentos infantiles franceses 2. Tolerancia ~ Cuentos
infantiles 3. Valores sociales ~ Cuentos infantiles I. Pawlak,
Pawel., il. II. Tít. III. Serie
1843.91 cd 20 ed.
A1078776

        CEP-Banco de la República-Biblioteca Luis Angel Arango

Título original en francés:
Les Tchoux: Le Krapok
© 2003 Edition MILAN
300 rue Léon Joulin 31101 Toulouse Cedex 9 ~ France
www.editionsmilan.com
Copyright © Editorial Norma, S.A. para Estados Unidos, México, Guatemala, Costa Rica, Nicaragua,
Honduras, El Salvador, República Dominicana, Panamá, Colombia, Venezuela, Ecuador, Perú, Bolivia,
Paraguay, Uruguay, Argentina y Chile.

Impreso por Gráficas de la Sabana Ltda.
Impreso en Colombia ~ Printed in Colombia
Junio de 2006

Traducción de Juan David Correa
Edición de Maria Villa
Diagramación y armada de Catalina Orjuela Laverde

CC: 10709
ISBN: 958-04-8497-X